シバテンのいた村

西岡寿美子詩集

土曜美術社出版販売

詩集　シバテンのいた村＊目次

詩集

シバテンのいた村

夢

――狼が付いているぞ

わが家への戻り峠の薄月夜
振り返れば
犬よりは頬のこけた
背から尾への毛並みも険しい
外股の獣《けもの》が一つぴたぴたと付けてくる

声も揚げず鼻息も荒げず

摺り足で付かず離れず添うて来るのは
話に聞く送り狼であろう
刃の上を渡る心地で
精神《こころ》の在り場所を異にした
牙を持つ者の体重音に守られて峠を越した

——狼《おいぬ》にお伴料をお上げ

赤の飯《まま》を炊いて
お礼申しを急ぐ親の傍らで
背いて獣より獣の男に奔るわが心では
夢さえも険しく

みちづれ

そう　当てがあるわけではないの
うららかな陽に誘われて出て来たの
では同じ当てなし同士
少しの間一緒に歩くとしましょう
紅梅の咲いている
下にはフキノトウも頭をもたげている
坂町とハウスの間の乾いた一本道を

わたしはずっと後ろから歩いて来たのだが

その者の姿は見えていた
置き忘れた弁当包みか何かのように
ハウス寄りにひしゃげた
動きの少ない
嵩のない白黒の一塊として

並ぶと
ヒクッと四肢をすくめたが
その種族特有の素早い跳躍はせず
じわりとこちらを見返るのは
もう運動機能が十分でないのだろう

白黒斑の毛皮を暑苦しく着て
腰は落ちているし

背骨も痩せこけだし
目も耳も見えず聞こえずかも知れない
本能で害意がないと感じ取ってか
声なしに
ニヤーッ、と口開きだけの挨拶があった
けものだから毛衣は当たり前としても
顔にツンツン突き出した乱杭歯様の
白髪と思われるものの多さには笑ってしまった

あんたおばあちゃんね
おじいちゃんかなあ
人間なら百近いお年なのかも

車道は危ない

わたしは賑わいのある次の町まで行くけれど
あんたは大通りの手前で引き返すのよ
蓋のない深溝もあるし
失礼ながらその足運びではね

主でなし従でなし
トクトクと
今の今生きている命の音二つ
それぞれの思惑を抱いて西へ歩く
薄紅梅色に華やぐ早い春の日向道を

午後の会話

ニャー
こんにちは
どこから来たのだか
いつからいたのだか
赤トラのチェシャ猫みたいなのが座っている

南天の木洩れ日が揺れる
涼風《すずかぜ》の通り道である苔毛氈の築山
前脚は揃えて立て

こちら向きの目は半眼
哲学者然と沈思黙考の体《てい》だが
片耳を神経的にピクピクするのは
あれあれサルスベリのこぼれ花の耳飾りなの
おしゃれだね

何か言ってみる?
時々口をもそもそして舌をちらつかせ
脚も少し踏み換えたり
照れたようによそ向いたりして
おまえが見るからわたしも見るのだよ
金茶の
十度ほどの吊り目をきっと見張るが
その顔は少し険相だからお止し

それにしても
猫は瞬きをしないのかしら
ではにらめっこだよ
　ウントコドッコイ　ハップ！
そうか降参か
目は細くてもこちら人間様だからね
オカブ*の見栄えしない尻尾をチリチリして
背を平め
木下陰の猫道を伝って退散と決めたのかい
ニヤーぐらい言ったらどう

* 短尾の猫のさま。

鳥を見る

ジュウィー、ピーイッ、
ピィーッ、ジッ、ジュウィーッ

絹を裂くとは
女性の悲鳴を形容する言葉だが
小さい者らが
胸毛を逆立て口を全開して叫ぶ声はまさにそれで
何事の出来《しゅったい》かと外を窺わずにはいられない

熟柿もたらふく食べ
つくばいの水も飲んだのだろうに
鳥らはなぜあのように険しく叫び立てるのだろう
今夏の台風の多さで
山に実りがないというのか
里でのその日暮らしの当てどなさを訴えるのか
残り柿をメジロがせせるようでは
もう次の餌場捜しに旅立つしかないとかこつのか

言い分を聴き分け得たとは思わないが
大筋では誤っていなかったのだろう
その日限りで訪れを断った鳥の夫婦よ
たかだか握り拳ばかりの身体で
手の変形である羽という器官を懸命に打ち振り

ひたすら空の道を往き来する者よ
行住定めない者らであれば
刻々が全身のいのち歌であろう
時にこちらの胸を裂く
一筋の喉の調べも
単純に生の賛歌とばかり聴いてはなるまい

食即生
一本の管さながらの
思考を切り捨てた生理
身一つで潔く進退するあの者らを見れば
人間は何と迂遠な生き物であろうか

発声からして
あの者らの全身投入に敵うまい
例えばこのわたしが渾身で生の要諦を衝き
心肺に直刀を突き入れるつもりの念力で以て
人という種のいのち歌を歌ったにしても
百倍の骨格を持つ異類を動かすことは出来まい
とてもとても

ことづて

キンモクセイに十二
モッコク　マキの下枝に五
今年わが庭から十七のセミが生まれた
恐らくクマゼミであろう
ふた昔前はアブラゼミが主であったが

ツクツクボーシやカナカナを
ここから巣立たせたいとずっと願って来たが
それは叶わないことらしい

あれらは種の中でも霊的な存在で
選ばれたどこかに彼等の聖地が卜されていそうに思える

数を頼むことなく
他が競う油照りの昼には声を発せず
人や鳥や虫のまだ起き出さない暁闇や
大方が黙す黄昏時にひっそりとうたを届ける
カナ　カナ　カナ　カナ　と
ツクツクボーシ　ツクツクボーシ　ツクイヨー　ツクイ　と

内に籠る声の質からか
耳を潜めさせる間の取り方からか
何よりうらさびしげな独りうただからであろう
あれらの声を聞くと遠く逸らせたわが心が

うつつの世界へ呼び戻される

クマゼミやアブラゼミのような大型種は
まだ熱風の舞ううちに
路面にコロンと仰向いて果てているのを見るが
あの者らもうた盛りの予期せぬ行き斃れであろう
乾いて清げな身の処し方とは思えるものの
終わりも見せず
生まれ出る姿はなお露《あらわ》にせず
声さえも低く抑えた慎ましい者らも行ってしまった
そくそくといのち薄い思いがしてならぬ

カナカナよ
ツクツクボウシよ

お前らの帰るところはわたしの父母の住む世界ではないか
伝えておくれ
面影を両親《ふたおや》にそっくり写した子は
今年も肥松《こえまつ》の束を宵闇で焚いていたと
ささやかな膳を座敷へ調えて待っていたと

仲間だよ

背中で
フルッ、と羽音がした

こぶし大の身体
賢そうなよく動く目
こんもりと円い胸は錆朱《さびしゅ》で
主羽根の灰白色はいつもながら小粋だね

その者は

種蒔きをしたり
苗を植えたり
蔓豆の手を結うたりするような
同じ動きの反復作業がお気に入りらしい

集中していると
いつの間にかわたしの足許に来て
首を傾げ傾げ従《つ》いて歩いたりしていて

訪れは結構長年月に亘るから
もしか代替わりしているのかも知れないが
体量も動作も羽の意匠にも変わりなく
どう見ても違う個体とは思えない

鳥さんよ
ヤマガラさんよ

君とは
生の習いを異にするから
お互い思い込みの量だけで
十中八九相い惚れとは言えまいが

種の相違など何ほどでもない
このほんのりと暖かい
生き物としての完《まった》き会いの間を
またとない恵みの時とわたしも享けているよ

会話

ヒィーヨ　だか
ビィーヤ　だか
その前に
フとホの間ほどの呼吸音も入るようで

参りましたよ
参りましたよ
ごはんをいただきに参りましたよ
とでも言っているのだろう

体量はツグミより大きく
鳩よりはスマート
と言うよりか有り体《てい》は痩せさらばえ
決まって暮れ新春《はる》のあわいに訪れるのは
北からの渡り鳥なのであろう

その痩身にあちこち裂けて垂れたりしている
野良着か蓑をでも被《かず》いたような
見栄えしない黒に近い朽葉色の装いで
恥じるわけでもあるまいが
隠れよう隠れようと葉むらに斜めに取り付いているもので
背から尾羽までがどんなだか確かめられない

キョトキョトと落ち着きなく
細い頭を葉むらから差し上げたり竦めたり
辺りを窺ってナンテンの赤玉を素早く一つ銜え込み
しばらく嘴に挟んでククとまろばせた末
フィーヤ　フィ　ムムムと呻く
この時喉元を呑み下しているらしい

一度に啄むのは精々四つか五つ
それではや腹が満ち
今日という日の糧を得た喜びの声を挙げるのだろうか
あんな一握りの身体で胸も張り裂けんばかり叫ぶので
何か哀しい事が起きたかとこちらは耳をそばだてる

思うに

人間でもそうだから
嬉しいことの極まりと
哀しいことのそれは似通っているのだろう

雪でなくてよかった
風もなくてよかった
羽に陽を溜めたら
山へ帰ろう

フ　ヒィーヨ
あしたまた来させて貰うことにしようよお前
と　連れ合いと語り合うのでもあろうよ
――あの者らに「あした」の観念があるとしたらのことだが

聖夜

新開の坂町は
そこから始まると言っていいか
そこが行き詰まりと言うべきなのか
赤土崖にまだ防護網も張られず
すぐ裏手で颪がナラの枯れ葉笛を吹いている
無人の昼を
自分の役どころを忘れ
通行人に手を差し出して甘え啼く犬もいて

犬よ　さびしいか
はや日が移っておまえの家は陰ってしまった
えさのお椀も乾いたのに
庭のブランコの主はまだ帰らない
倦《う》んじて口小言を言いたいおまえの気持ちもよく分かる

台地の新建材の屋根の下には
どの家にも似た年頃の若い父母がいて
小学下級生か保育所通いの子供がいるのであろう
辻の三角地に
星や玉や赤い靴や金銀モールやサンタさんや
幼い字の願いごとまで吊るした小さなツリーが立っている
そして
何か言うに言えないいいい匂いのように

聖夜の曲がそのあたりからこぼれて来る

待っておいで　こどもの犬よ
今におまえの幼い主も帰って来よう
この午後が闌《た》け
ナラの葉も早く寒笛を吹き止めるといいね

建材もどこか脆いような
今は外れ新町としか呼べない
三、四十戸ばかりの雛段様の坂町だが
ここに暮らしを築く若い父母と子供らがいて
つつましく爆発筒《クラッカー》など弾けさせ
蒼透いた星の下で冬の祭りを催す時もすぐだろうから

春

幼児には
大人に見えない仲間が
駆けて来るのが見えているのに違いない
あんなにも足を踏ん張って
腕を輪っかにして一所懸命に待ち受け
後ろざまによろめきながら抱き留めると
実に嬉しげにワッワッと押し合うのだから

ある時はまた

長いことしゃがんで見入った後
誘うのだか釣るのだか
側溝の割れ目にそろそろと手を差し入れる
そんなところには何もいないよ
などと大人は口を挟んではいけない

ごらん
心を澄ませて彼は何かを誘い出す
たとえばシーラカンスのようなもの
ドラゴンの仔のようなもの
小さな神コロポックルのようなもの
手のお椀をくすぐるのはこの地上の生き物ではない

どんなに目を凝らしても何もない

手の中のそのものは
気長に彼の仕草を見守っている
若い母にはまだ少し見えているのかも知れない
誰もが後にして来た本土だろうが
今は彼だけの王国
頭のほやほや毛をなびかせて風も遊び
そばにタンポポの花も一つひらいているよ

春模様

ブランコに乗ってみたが
ブランコはもはや楽しい遊びではなかった

北山は盛りのヤマザクラで
ぽっ　ぽっ　と真綿玉を投げ散らしたよう

ここの小公園も
ソメイヨシノ二本
センダイヤザクラ三本

ヤマザクラも色変わりが二、三本あって
いずれも満開近く

有り合わせで五目寿司を作り
ついそこの自宅から
客を案内してきたのだが

こどもはお昼ごはんに帰ったのであろう
ジャングルジムも
上下動のシマ馬も赤馬も
シーソーも
滑り台も休んでいる
客とブランコに腰掛けて揺られてみる

なのに
空を漕ぐのはおろか
小さな水平の揺れでさえ
クラクラして楽しむどころでない

ブランコを早々に捨てたのは情けない
キイイと当のブランコも拗ねて
病み上がりのわたしは無理もないが
客もめまいがすると言い

わたしらには
浮遊や喜戯や過激を望む心が残っているのに
わたしらの身体は
背いてひたすら地低く保身しようとする

ただ一つのすさび
浅く潤んだ空へ
息切れめいた草笛の音をピーヤ　ピイと放つばかり

峠越え

わが家と向かいの丘の頂きと
標高は同じ二十メートル程度だろう
どちらも四国山脈の裾波の取り残した二つ丘で
間の陥ち込み部分を国道が貫いて

丘を越すと電車も通る表町となり
その背後——つまりこちらから見えない丘裏は
水源地で花の名所でもある公園が設けられている

かつての日々
わたしは峠越えして表町の縁者を訪い
友らは表町から連れ立って新春の賀に訪れ
花見の宴には双方から水源地へ落ち合う例だった
興に任せ夜になれば
誰かの家へ上がり遅くまで歓を尽くしたものだ

峠越えは土道三キロ
銘々が酒を持ちご馳走を持ち
若い足には何ほどでもなく走り越えて

表町の友の数は多かったが
独りでのわたしの復路はしばしば奇禍に見舞われた
それは決まって花見の宴果てで

酔客はまだ花の下を逍遥していても
酒と花の香は樹間を流れていても

無音でわたしを押し包む
空の薄月と地の花のひた薄色と
殊にも濡れ紙で息を蒸そうとする気配の
謂われのない夜の花の柔媚な害意
あれは命盛りの花とわたしの
知らず知らずの鬩《せめ》ぎ合いでもあったのか

人は去り時も去った
今わたしが春の滾《たぎ》りの景に歩み入るとしようか
妖異ももう針先ほどの敵意もそそられはすまい
年々の花の艶容に比し人という種の春は一期だもの

颪を見る

桜の花の散り屑がそこに吹き寄せている
わずかな風が
まだ温かな色を残したそれらを揺り上げ
揉みながら岸へ押しやる
花びらや萼や花梗や
可憐なものらがその度に搓《よ》られて
やがてまことの塵屑となるのであろう

何時も

そこには小さなつむじ風が立っている
坂の半ばの道の岐《わか》れ
家と家の間の
空き地とも言えない空き地

なぜわたしはそこを見るのだろう
誰もいない
見るべきものがあるわけでもない
西と東と
下から上へと
十文字に道が交差して
ほんの少しはみだした袋のような余り地を

晩秋から晩春までの肌寒い季節に

ここに自転車に大筒を乗せてやってきて
路上で火を燃やし
不思議な商いをする人がいた

少量のザラメをまぶし
ポン　と大きな音を響かせると
金網の筒一杯に弾《はじ》け膨れた黍や米や豆
坂の家々を爆発音が貫く
すると縁日ででもあるかのように
何となく人々が寄って来て

取り巻く子供やその親が帰ってしまっても
手元の持ち込みが終わるまで
夜の風が周りに落ち葉を走らせる中

半身に火の反照の赭銅色《あかがねいろ》
髭面の鍾馗様は黙ってポンを響かせていた
家で聞く間遠なあの音は物哀しかったが

あの人はどうしたろう
冬場はあれを
夏場はアイスクリンを
振り売りの鈴を涼しげに鳴らしても
自分はひどい汗にまみれて

坂の町の袋の形をした余り地で
ぼんやりと待っていることがある
塀へ自転車を凭せ掛け
大砲と呼んだあの大筒をしつらえて火を燃やし

あの人がまたポン菓子を炒り始めるのを

穀物の焦げるいい匂い
胸苦しく極まって大音にはぜるポン
するとびっくりするばかり大量の
繭玉のような穀物の花が筒口からあふれる
薄甘くほの温かい
あの人が咲かせた真っ白々の弾《はじ》け花
あれを胸に抱くと
北山おろしも親のないのも忘れた

暗がりの中で店仕舞いをしたあの人は
灼けた大砲を引いて何処へ帰って行ったのだろう
夢を売り疲れたあの人を

待っていた家族もあっただろうに

風が花屑をつむじに巻く
もう来ないあの人の夕闇で焚く火
屈んでポン菓子を移す焦げた片眉
赭く燃える気弱そうな髭面の鍾馗さまは
闇を背負い

わたしが見ているのは
一番弱いところにいても
一番優しい心を差し出してくれたあの人の
よそ目には楽しげに見えた夏冬二元の
生業の上ばかりに吹いた時代の風であろうか

城取り物語

通りの小さな家が空いた
二階建てで
二台分の駐車も出来る造りだが
何分にも通りの中では一番の小作りで
住空間は二階二間一階一間くらいであろう

その家には長い間借り手が付かなかった
駐車場には草が生え
前住者が残した鉢のサボテンも萎び

雨戸を閉ざしたまましょんぼり年を越した

だがある日
嵌め殺し窓にポチリと一つ明かりが点いた
軽だが新しい車も一台入り
家は心なし潤って見えた

わたしは薄暮か夜明け時しか知らないが
時に玄関の取っ手に包み物が掛けてあるのは
身内か知り合いからの差し入れであろう
見守られている若い人らの暮らしが思われる

次の年が来て
アヤメやエゴの花が咲く頃のことだ

何と何と
嵌め殺し窓に斜めに
これも小さな
三匹の紙のコイノボリが上がったではないか

若い二人のどちらも見掛けたことはないけれど
やったね
小さな家は
一年経って健やかな男の赤ちゃんを迎えたのだ

つつましい暮らしぶりはずっと見てきた
家は今でも通りで一番小さいことに変わりはないが
なに　堂々たるものだよ
どこよりもふっくらとふところ深く

陽に恵まれた若い家族の領するお城だもの

シバテン*のいた村

ゲッ　ゲッ　グェッ

夕暮れになるとどこかしこから蝦蟇《くつひき》が這い出して来て
図体相応の濁声で合唱するのは
上簇不可能な病蚕を投げて欲しいのだ

沢からは蛍が湧いて
中空《なかぞら》に光の流線模様を描き
濡れ霧《きら》う薄闇は山花の蒸れた匂い

山の家は
ほたほたと地に落ちる熟梅に打たれ

もう棚田の植え手も直り
苗もズイズイと育っていよう
牛追いの源やんは
終い荷を町場で下ろし
今ごろは三の坂あたりまで戻ってきたか
失礼して源やんの一番嬉しい時間に
こっそり連れとさせて貰おう

戻り荷を背にした牛の尻に額を付け
千鳥足によたついて見えるのは
自身への今日の慰労に冷や酒を一杯引っ掛けているせいで

心得た牛の足取りを頼みにして
尾《お》っぽへ取り付いて手綱代わりとしているのだ

小川が音立てて流れ
早苗田の上に蛍が舞っているとなると
酔いどれ《ようたんぼ》が半分眠りながら
飼い牛任せに山道を辿っているとなると
そこは土佐に居着きの
いたずら坊主が舌なめずりせぬ筈はなく

源やんはやがて牛の尾っぽも取り落とし
誘われて早苗田の泥の中で両手を広げ
その者の言うがまま相撲の相手を務めて
夜通し泥ぬた漕ぎをさせられることになるのだ

独りで帰り着いた牛は
こっとりと駄屋へ這い込んでにれ噛み
主はぼた濡れの泥まみれ
おまけに引っ掻き傷だらけでしょんぼり朝帰り

何年前かの哲ちんと同じだワ
今度は源やんがシバテンと相撲を取ったゲナ
本人は何も覚えちょらんと言い張っておるそうじゃが
こりゃぁひょっとするとひょっとするぞヨ
在所中ひそひそ耳こすり

まことのまことは
酒の酔いやら後家さんへの夜這いやら知れたもんか

そういえば源やんも哲ちんも在では色男の部類だし
何のシバテン話*なんぞであるものか
——こってりと女狐に遊ばれたんじゃワ
古老の言うことが一番《いっち》当たりかもしれん

＊ 頭に皿を頂くカッパに似た童形の土佐の妖怪。格別相撲を好み夜間通行人に挑み常勝という。柴天狗とも。

夏の贈りもの

〈たんす長持どの子が欲しい〉
フヨウ　サルビア　キョウチクトウ
夏の花は何でみんな紅いの
少女は
花かげをめぐる遊びの輪にも加われず
縄とびの縄ももう昨日と同じには跳べない

寒いような熱いような
内側から兆して来たこみ潮をどうしよう

震えてしまうそのことの意味を
母さんはすぐに解いてくれたけれど

怖がらないで
それは辛くても誇らしい
人としてはなくてはならぬお免状のようなものなのよ
そうも言って祝ってくれたけれど

そのことで生まれた
一刷毛の翳までは告げられない
言葉に出来ないこんな翳を一つずつ抱いて
人はみな人の列に並ぶのだろうか

夏も去るのね

夕べとりどりに色を深める紅い花
妖しいような人の世の
あるがままを諾《うべな》うにはまだ心支度の整わぬ
少女の
ういういしい一入《ひとしお》花に
涼風よ渡れ

一人旅は

会うのは年に一度か二度
かの地は新高《にいたか》という幼児の頭大の梨が特産で
それが熟する晩秋になると

あんたに食べさせてやりたいと思うて
特大二つ持ってきた
立派やろ　と誇って見せて
持ち重りするそれを
よっこいしょとわたしに手渡してにっこり

久闊の挨拶などはなしで
幼馴染みは姉妹《きょうだい》以上
一目見れば現在《いま》の暮らしがみんな読み取れた
飾りもせず
お愛想も言わず
よい巡りの時は黙って背を叩き
不遇な時は気持ちばかりの包みを握らせもして

——それもこれも過ぎた
会おうにももうわたしらは会われない

一人旅は寒い
手負い傷も痛んでならぬ

世の際までの会いも葬りごとも
どこをどう踏んで仕了《しおお》せたか覚えがない

同じ時を呼吸してきた
双生児だったのだろうわたしらは
親よりも実のきょうだいよりも親昵で
時に争いつつも懐かしうて

今ごろは行くべき行程の中ほどか
未練は残していまい
殊にも潔い身過ぎを貫いた人だったから
未だに片身を削がれ漂うわたしだが
生には生の負債

たたかい終わった時は手引きしに来て頂戴
新しい国で享けたしなやかな姿して

招宴で

明日をも知れぬ病人が
突然短い時間意識が明澄になって
資産のことや
物のしまい場所や
家庭の難事の解決策への手掛かりを
ひょっこりと口にしたりすることがある

別して
憎み合うと見えた相手に会いたがり

常になく遜《へりくだ》り和らいで
謝罪とも和解とも取れる言辞を漏らすなど
快方への転機かと身内は見誤るのだが
病者の一時的なこの顕われを
土地では仲直りと呼び
野辺送りの手筈を急ぐ目安とするのだった

物に憑かれたかに不意に起き直っての
あの奇怪な言動は何に促されてのことだろう
あれを現世での積罪は現世で償う
いまわの際の約束ごとと見立てて来た
祖らの世知は当たらずとも遠からずであろう

会などでも

似たことに出会わないだろうか
そんなに親しくもない人に
いかにも心篤く仕えられると思えたり
日頃大切にしていると周知の物を惜しげなく贈られたり
何でこの人はこんなに
と疑いを残すことがある

日ならずして
その人の上の不時の災厄
またはその人自身が招いた
事故
病気
自死
家庭内の変事など

常態を逸した凶聞に接するのはなぜだろう

扉を押して
二百人の招宴に列する

かつての誰彼の
覚悟の
または予見のための
盛装や自演のよそ目にも不審な軽躁を
その心を
今夕はわがこととして

大仰な振る舞いはすまい
殊更に人に慕い寄るまい

異常に熱く過重な知り人一人一人への執着は
若しかこの場がわたしの仲直りの席となるのかも――

約定されてある手術のことなど誰も知らず
かつての日の
かの人らの
無制御の軽躁に今は素直に倣いたく
一歩は進み一歩は退き
手中のクローク預かりの四二《しに》番にも煽られ

やくそく

再度呼ばれて訪れると
発作は収まって穏やかに臥していた

ごめんね
何度も呼び立てて
今夜は無理にもあなたにいて欲しいの

あ　雨なのね
針の落ちる音だって聞こえそう

今の今までのあたしの修羅煉獄ときたら
さっきまで会っていた人だから
取り立てて言うこともなく

不思議ね
昔からいつも
事ある度あたしの側《そば》にあなたがいて

それでも毎々ゴダ*を言って
納めかねてあなたがあたふたするのを見るうち
恥じてあたしも落ちつく例だった

知ってたでしょ

あれはみんなあたしの甘え

あたしたち
片言も言えない時からの友だったわね
でも今度だけは
手を繋いでというわけにはいかない

何せ
案内知らないところへ行くわたしだから
指切りげんまんはいたし兼ねることだけど
あたしの一世一代
その時には手引きさせて貰うつもりよ

あなたは

受けられる福は福の限り授かったあと
どうぞ急がずゆるゆると来て
――なんて
抜き打ちに今際の息で言ってくれても
ねえ

＊　不平。理の通らぬ文句。だだを捏ねる。

形見分《しょうぶ》け

あなたのお母さま
わたしの十三歳からの友マアちゃんの
お形見《かたみ》を持って見えたのですって
そういえばはや七七忌ですね

お茶の時や一緒の旅でよく出し入れしていた
印伝の財布と型染めのバッグと

ありがとう　嬉しい

とお受けするにはしましたが
これを使っていた時の物言いや所作の生々しさが現前して
正直二目《ふため》とは見られぬわたしです

子に継がせるだけの事業も起こし
自身も十二分に生き切り
思い残しは何一つないとの今際の言葉だったとか
そうもあろうあの友のことだから

身体も大々とした女丈夫の巴御前
わたしには常に姉《あね》さまで臨み
なに　急の時には
細っこいあんたなんか
送り舟にも抱いて乗せてあげるよ

わが家は代々百まで生きる家系だからね
なんて大嘘つき
唇に別れの水を含ませつつ
クッ　とせき上げたわたしに
この期に及んでも例のなぶる片笑みして

不熟者ほどに多くを託されて残る習いなのか
無念だけど遅れてばかりのわたし
その都度無形有形のその人なりの果実を手渡され
過分の滋味で心身ともに成ることが出来たようなものです
時には賜り物のあまりの重さによろめき傾《かし》いだりもしつつ

すべてを十全に熟させ得るかどうかは別として

負託という負託は潔く受け
ああもしこうもし
し損じてもし損じても
恐らく一念凝らし試み止めないだろうわたしだから

この上は憑《つ》くという形でなりと
終生同行指南役は逃れないものと観念してよね
マアちゃん

歯

子供の門歯は
下からこそばゆく永久歯の芽を覗かせて
ある日ころりと抜ける

スズメの歯とアタシの歯と生え比べ
どちらが先《さぁ》きに生《は》ぁえるか
だの
ネズミの歯とアタシの歯と生え比べ
どちらが先《さぁ》きに……

などと
歌とも呪文ともつかぬ唱えごとをして
上の歯は床下に
下の歯は屋根に放り投げたものだ

だから
柱礎石ばかりを残し
杉林に還ってしまったあの底には
わたしと弟の八つの門歯が埋まっている
あれを根に抱いている木はどれだろう
それとも脆い乳歯は朽ちただろうか

日常が子供の甘味まで回らず

皮肉にもわたしらきょうだいは歯性《はじょう》よく育った
それで硬軟様々を咀嚼して生い立つことができたのだが
早く逝いた父母の享年を越えるあたりから
その歯も少々傷んできた

今にして思い当たる
鳥の雛の貪婪さで大口開いて
わたしらは分に過ぎた食い扶持を強請《せび》り
ただささえ細い父母の生ま身まで貪ったのではなかったか

そうでなくて
両親《ふたおや》とも何であんなに世を早めよう
痛む歯を夜通しこらえていると
この歯が噛み締めた滋味の拠って来た所と

子というもの
親というものの在りように心が締められる

知るべきを思い知る時は
応えるべき両親はすでに亡く
何の唱えごとも出来ない生の踊り場で
再生する芽のない歯の根はどうしょうもなく寒い

わたしに
今見えているこの翳りを通り抜けたところにも
まだ思い知る辛いものがあるのだろうか
あるのだろうね　父母よ

*
* *

その花刷毛で

なぜだろうね
七月の水辺にしなだれて
ほそ帯ひとつでいるような
しどけない姿のおまえが好きだ

ついて行きたい
夕方
微熱の頬をぼっと上気させて
なで肩をしおしおとしている

肺病やみのろくでなし

村のおなご衆の
鎌鍬を振るう手や
子を孕む腰や
田泥を漕ぐふくらはぎを持たない
この役立たずのはずかしい帯解け

五つのとしに
初めておまえをみた
手をかき抱いてふらふらとさまようている
肩の抜けたような性根なしなのに
忘れられない
思うと胸が微熱のようにもえてきて

何度そこに走っていったことか

おまえがわたしにくれた
夏のくる前の胸ぐるしい火照り
肺病やみのからだで

何十年か歳月の底にただようてきて
いま見れば
おまえの頬の紅さは童女《こども》のようだね
合歓木《こうかぎ》
わたしの木
その花刷毛でわたしの火照りを鎮めておくれよ

——ネムノキ（合歓木）は、人の居住区の、それも清流の縁辺を好むようである。廃屋廃田。山も植林帯になれば、他は何も（動物も）育たなくなる。人の住む限りまで川筋を付けて遡ると、出穂期の稲の匂い。奔る天然アユ。流れに手を浸すとき、下照るネムは艶麗で、渓谷いっぱいに見えない香気の虹がたっている。ゆらゆらと昔ながらに空を刷いている合歓木を見ると、わたしはやはり、立ち眩みするような恋慕を覚えるのだが――。

花を

山の駅に降りたのはわたし一人であった
日に三本しかない各駅停車の
駅舎はない
一脚だけのベンチには形ばかりのさしかけ屋根

駅裏へまわり
フキの葉に山清水を汲めば腸は冷え透り
この駅を後にした少女の日の痛みが疼いてくる
わたしも面変わりしたが

故郷はもっと無残にやつれてしまった

駅下のわたしが卒業した小学校も
休校になってもう七、八年になろう
さびれ返った一筋町
のけ反る石段の高みにはモニュメントめいた忠霊塔
――あそこへ担任をお送りした村葬もあった

墓参花を抱くわたしが
これから歩ごとに見なければならないのは
更に更に痛い風景である

六十戸の人家は七戸に
三百人の住民は十二人に

棚田段畑の九分九厘まで山に還り
植林の下闇に二つずつ青光るのは棄畜の目か
化鳥さながら梢に叫び翔ける
野生化した家禽の群れはこの世の景とも思えない

住民は屋内に老い屈まってか
無音の陽の下
滅びへとひた向かう集落
――ここがわたしのふるさとだ
この国の山地集落大方の現在《いま》だ

丸ごと墓山となり行く父祖の地へ手向けるには
あまりに些少な供花《くげ》をわたしはどこへささげればいい

虫干し

捨てよう
捨てるしかない

とは思いつつ
久しく蔵ったきりの着物を
今年もまた畳紙《たとう》の結び目を解いて
一枚一枚風に当てる季節がきた

架け連ねた衣類の下を潜れば

何となない古い匂いがして
ひやりと首筋に触れて来るこれらには
しつけ糸のままのものもあり
わが物ながら
着る年頃を遠く過ぎた今は
さながら早くみまかった娘の形見の心地がする

殊にも
母が繭から糸を引き
他県にまで
織り手を求めて機に掛けてくれた数枚は
生絹を紺屋に持ち込んだのも
模様選びをしたのも
裁ち縫いしたのも十七歳のわたしで

そうでもしなければ
美しい物など何もない時代であった

辛うじて揃う左右の袂
縫い悩んだ裾や袖口の出ぶき
襟付けにも縦褄にも
おぼつかないわが手の運びがありあり
年頃の娘のために
母が持ち山から年代物を伐り出し挽かせた
栂《つが》の裁ち板の新しい木の香も
初めてヘラつけした心弾みも甦らせるこれら

ついの日に
持たして貰うにしてもただ嵩高で

土の肥やしになるにはほんのひとつまみのこの物は
やはり捨てるしかあるまい

指の腹で織り地をさすり
広げたり畳んだり
思い切り悪く
再び陽の名残ごと畳紙に戻し

惘然と宙を見て座すわたしに
かつて村芝居の主役を張ったりもした袂が
そろりと添って来たりして

待ち人

柿若葉が
とりわけ艶やかに翻るのは
山の祖父《じい》やんの訪れの予告に違いない

祖父やんにはもう歳がないから
遠出も苦ではなかろう
それに疾《と》うに徒歩《かちある》きは止しているし
背の荷も全部下ろした空身《からみ》でもあることだし

祖父やんは
人の目にも獣の目にもとまらず
悠々と飄々と空の道を渡ってくるのだろう
幾重にも畳なわる尖り尾根の空を

ならばわたしは
人差し指を舐めて山からの風を待とう
ヒサカキやツキヌキニンドウや
クロモジなどこの季節の花の香に包まれて
姿も土地神に見紛う祖父やんの訪れを

目敏い祖父やんにはわたしが見えていようし
わたしにも祖父やんが見えているよ
遠い昔に人界に別れを告げた人だけれど

情も距離もより近くなった祖父やん

おお　タマネギをよう出来《でか》した
ジャガイモもあと二十日か
菜園指南もあらかた皆伝じゃの

まばゆい柿の照り葉陰
年に一度の祖父やんとの会い
二人とも魂触れの永く温かい名残を抱いて
過ぎた日も今日もこれから後の日も
祖父七十　孫娘九つ

七日目に

二十年この町に住んでいるが
そういう祭りは聞いたことがない

それでも
タカコさんが待っていると言うので
いつ約束したことか覚えがないが
急いで浴衣に着替えて出た

なるほど坂町は祭りだ

大層な人出がして
道の両側はびっしりの出店
呼び込みの声も賑々しく飛び交っている
坂下にはワタ菓子屋も出ているのか
ふわふわした薄桃色の
雪洞《ぼんぼり》様のワタ玉を宙に掲げて戻る子も一人二人ではない

てんでの団扇に
アセチレン灯が光ったり暗んだりするのが
古い映画の中のようでもある
人波を肩で斜めに漕いで進んだ坂の詰まりでは
椎の実や小粒の栗や飴玉が撒かれ
——盛夏なのに何で椎や栗が？

出店は尽きた
そこからは一転暗い野面で
草いきれが熱塊となって寄せてくる
タカコさんはどこで待つと言ったのだか
わたしは行き暮れてしまった

あああ
不意に何で
そんな道もない暗がりから来るのよ
髪も撫で付けず
顔は蒼く
藍緑の浴衣の襟許もたゆげに
木陰で変にゆらゆらしていないで降りてお出でよ

気分悪ければ手を引いて上げよう
さあ！
……が
その手が　足が
何でか固まり　舌も痺れ

——動けないよう！

　タカコさあん！　度はずれな自分の叫びで目が覚めた。全身に寒いような、痛いような、気味悪い金縛りの名残がある。呼ぼうとして声にならなかった舌の痺れも残っている。約束しておいて、タカコさんはなぜあんなに明かりから背いて、しおしおと消え入るようにしていたのだろう。話したいことがあったのだろうに、辛そうな病みやつれのまま、いつのまにどこへ紛れてしまったのだろう。一瞬だけ炯《ひか》らせた眼光は、あの人のものとも見えず恐ろしい気がしたが。

——夢の中でも、彼女が七日前に事切れ、この手で、炎《ほむら》立つ骨揚げを四日前に終えたことも、わたしは覚えていたように思う。それなのに生の日よりも、幾らかふくよかに見える現身《うつしみ》を少しも怪訝に思わず、それでいて会える筈のない（それは分かっていて）人に、会えた嬉しさに我を忘れ、ずいずいと歩み寄ろうとした。

ついそこに見えてはいたが、あそこが結界だったのだろう。見えない結界の鳥網のようなものに捕らえられ、見苦しく身悶えるわたしを、タカコさんは見ていられなかったのだろう。それであんなに、自分を責めて面を背けたのに違いない。

こちらからの往路はない。と思い知ったが、タカコさん。そちらからの通路はあるのではないか。遠い隔たりではない、と檀那寺の坊さまは言われた。中有にいる今の内なら、そことここ。ほんのひと跨ぎの距離だと。それはこの町の坂の上下か。バス停一つ位だと思いたい。余りに慎ましく、様々なことを胸に畳んで来ただろうタカコさんには、生の内に溜めた思い残りが、人よりも多くあったのではないか。聞いて上げたい。今更浮世の義理もなかろう。でなければわたしも心残りがしてならない。

姉様にふと様子を話したら、

――あの子、迷っているのではないか。あたしが先に行って、手を引いてやればよかった。順が違うた。口惜しい――

そんなに霜げていては、人が行くと言うところへも行けないのではないか。と、わたしがタカコさんでもあるように、身を震わせ、こちらへ手を差し出し、手引きをされようとした。

眠りは仮死。会うのはその時しかあるまいから、今度こそ、そちらの作法で近付いて、言うべきことは残りなくわたしの耳に吹き込んでよ。長語りの一綴りだって落とさないで。こまごまと。さめざめと。或いは声を励まして。あなたの生の日の温かな声音で。覚めても再生出来るよう、しっかりとわたしの海馬に刻んでおいてよ。

——仮令《たとい》わたしの金縛りが強く、仮死の時間がずっとずっと長引こうとも。

秋の花を

夜半に激しい咳が出て
座しても寝てもいられない
ぶざまに
涙目になって咳き入り
ヒッタリ布団にうつぶせる

寒いのだか暑いのだか
汗しとど
後から後から押し上げてくる咳に
喉も胸も破れそう

ついそこの暗がりに
ソフト帽を被って
向こう向いている人は誰ですか

振り返らない
ものを言わない
ひどく懐かしい人に思えるのに

昼間
マーケットで
供物と墓参花を求めてきた
明朝これに
庭で育てた白花と紅花の千日紅を添えよう

墓山への道には
柴栗《しばぐり》も笑み割れているか
傾《なだ》りには彼岸花も咲き盛っていよう

わたしが明日来ると知って
あれは父が出迎えてくれたのだ
四十台の若い横顔
額の広い寡黙な人であったが

墓前に深く額ずき
わたしは一瞥以来をこまごまと告げる例だが
そんなことは言わずとも
父母はとっくにお見通しであろう

あちらの世界は
こともなく過ぎたようだ
父の穏やかな面持ちでそれは読み取れた

訊けるものなら訊いてみたい
早くに生を閉じた父母と
長命を享けた部類に入るだろうわたしと
払うべき負債はどちらに多いかを

いまのいまは
懐かしい人に逢う前病みに見苦しく咳き上げていても
明日は足取り確かにバスを乗り継ぐからね
銀色《しろがね》の風が渡っているだろう野を
用意したこの花のとりどりを抱いて

牽かれて

押されたのではない
手を放したのはわたしだろう
動いた覚えもないのに
はや水の中と思われるところに立っていた
足許がゆらゆらして心許ない

その人もいるにはいるが
もう顔も定かでない
流されるのだ

輪郭でその人だと思っているだけで
まことは見も知らぬ人なのかも知れない

霧が動く
横へ上へとめくれる
明らかになるよりは目潰しに近い濃さで
なぜだか
遺棄された心地がして身も世もなく泣きじゃくりたい

こちらとあちら
仕切りがあるわけではない水に見えるが
明らかに拒まれている
抜き手を切って行こうとしても
強い水の粘度に胸が圧される

――手を放すのではなかった
過ったとしたらあの時だ
あちらへ行きたい
あの人のいるところが仄かに温かい色に見える
こちら側は険しい
すぐにも弾き出されて溺れるだろう

ユラッと車道へ踏み出していた
三十秒か五十秒に
夢では過去か未来の一時期を体験したりするが
これは覚めながらの幻視

大切な人らを数多く送り

その人らへの思いの断ち難さに牽かれ
わたしはそちらと思う方向へ遮二無二歩み出そうとする
抑えられない
細紐を踏むような一条を前のめりに
そこがただ見做しの
ひとり思い込みの二河白道と知りつつ

そのものに

丸いと思っているが
尖っているのかも知れないし
煙のように形は持たないのかも知れない

一日が終わり
わたしが横たわる時になって
目に見えもせず手に触れもしない
そのものの帰着を受け入れると
わたしは安堵して眠りに入ることが出来る

対話したこともない
いつもそのものからの一方的唆しに
幾らか背徳的な匂いのする愉楽に漬かったと言えよう
それ以上に死ぬほどの恥辱もなめつつ

大方は不在がちなそのものは
いつまでも慣れず居着かず
まさか複数体ではあるまいが
不羈無頼は手に負えたものではなく

それでも共棲みは解かず今まで続いた
往っておいで
感受行動恣意のままに

そういう時間も残り少なかろうから

覚えていてほしいのはただ一つ

そのものを抱くのか
そのものに抱かれるのか
わたしに醒めない眠りの刻が訪れた時には
わたしの中に鎮まるか
わたしをそのものの真綿の温みでくるむかしておくれ

そのものとわたしが初めて合一する時
完きわたしのかたちが
　銀《しろがね》の繭と顕われてくれるなら
と有り得ないだろう希いもほんのちょっぴり

むろんわたしの目にすることのできない後の景であるが

一つの言葉から

この土地では
命尽きることを「満《み》てる」という
生の極みの意であろう

わたしがこの言葉に接した最初は
病んでおられた師について
仲間のお一人である長老からお知らせ頂いた時だ
――先生がただ今お満てになりました
と

若かったわたしは
泣きに泣いて場の貰い泣きを誘ったものだが
それでも初めて現れとしてわたしに来たこの事態から
類い稀に広々と豊かに実り
まさに満ちた師の全体像は過たず受容した気がする

いまひとつ
四十年来の友がふと洩らした
――わたしこの頃熟れ満ちた気がするの

失礼ながら粗忽人で軽躁と見えた
その人にしては過ぎた言葉に
密かに顔を窺わずにはいられなかったものの

期するところのある人の決然とした口ぶりは
わたしの疑義を制する威があった

あの時
ふふ　と含み笑いした友よ
嬉しげにも
幾分哀しげにも見えたその笑みは
彼女の中に満ちてきた
有無を言わせぬものの力でもあったのか

日ならず友は急逝し

喘ぎ喘ぎ歩いてきたわたしの長旅も
間もなく果てが見えて来ように

経てきたいずれの道程もことごとく瑕疵と恥まみれだ

時はやがてわたしをも満てさせてくれようが
未だに何の啓示も受けぬこの不覚者のことなら
人並みに満ちることは難しかろう
まして従容と出で立つことなど望外の夢であろう

熟す心地は
急か
徐々にか
自ずから湧いて満ちるのか
何者かの教示を得てか
思えば友にあの時押しても聞くべきであった

あとがき

幼い者と、犬猫などや、人間の生活圏にいる野生の生き物たちは、みんな仲間です。言うことも仕草もほとんど通じないのですが、ともに生きているというだけで、親しい仲間だと思っています。

その、近いようで遠い、遠いようで案外に近いかも知れない、もどかしいけれど、温みのある出会いが好きです。同じ言葉の人間同士でも、事柄や思いを等価に伝え合うのはなかなか困難なものですもの。言葉を習得する前の幼児や、異種の生き物との意思疎通など端《はな》から無理なことで、それはそれと見越して、勝手な思い込みだけの分かり合いも、また救いなのかも知れません。

当たり前のことですが、生き物は日に日に成長します。それぞれの種の習いに従い、一日も遅滞なく変貌して行きます。「生きる」ということの意味って、本当にどういうことなのでしょうね。わたしなど自分のなすべきことも、自分で自分の正体も把握出来ていず、事に当たり適正な判断も行動もなし得ないまま、うかうかと生きてきた気がいたします。

それなのに、反って幼い人や、言葉を異にする異種の者たちから、慰められ、支えられ、力付けされてもいます。ありがたいことです。足取りおぼつかなく、途方に暮れながら、「見るべき程のこと」は見尽くす齢《よわい》まで、迷い迷い歩いて参りました。途上、語るとも、うたうともなく、行路の明暗をこぼしこぼし来たのが、この度の集となりました。若しか、存じ上げないどこかのお一人にでも、一節なりと届いて行くことがあれば、この上の喜びはございません。

土曜美術社出版販売の方々には、エッセイ集『よしなしごと』に続き、作業工程万般についてお心配りを賜りました。御礼申し上げます。

二〇一七年七月一日

西岡寿美子

著者略歴

西岡寿美子（にしおか・すみこ）

一九二八年　高知県生まれ
一九六三年より詩誌「二人」編集発行　同人は前期大崎二郎・後期粒来哲蔵

著書に、詩集として『凝視』『五月のうた』『炎の記憶』『杉の村の物語』『おけさ恋うた』『紫蘇のうた』『ゆの下に埋めたもの』『へんろみちで』『むかさり絵馬』『菜園だより』『すゞれる』探訪、エッセイ集として『わたしの土佐』『四国おんな遍路記』『土佐の手技師』『北地—わが養いの乳』

一九七四年　第七回　小熊秀雄賞『杉の村の物語』
一九八一年　第三七回　農民文学賞『おけさ恋うた』
一九九五年　第六回　富田砕花賞『へんろみちで』

現住所　〒七八〇—〇九六五　高知市福井町二二五二—一六

詩集　シバテンのいた村《むら》

発行　二〇一七年九月二十五日

著者　西岡寿美子
装幀　森本良成
発行者　高木祐子
発行所　土曜美術社出版販売
〒162-0813　東京都新宿区東五軒町三—一〇
電話　〇三—五二二九—〇七三〇
FAX　〇三—五二二九—〇七三二
振替　〇〇一六〇—九—七五六九〇九

印刷・製本　モリモト印刷
ISBN978-4-8120-2380-8　C0092